JN191232

ライトが点いた

畠山隆幸詩集

コールサック社

詩集

ライトが点いた

目次

序詩

I　君も生きている

Ⅱ　草刈り

Ⅲ　薪ストーブ

Ⅳ　冬の風

詩集

ライトが点いた

畠山隆幸

序詩

訳のわからない時

心に訳のわからない不安
こんな時
草刈り機を回す

一心不乱
刃先に集中する

汗はダラダラ

体を動かすことだ

Ⅰ　君も生きている

四

紙史師士氏市子四死詩

等を
生きる人間
数々の詩と出会う
生きる限り

異国で稼ぐ

買い物
道路工事
旗振り職人

眼はブルー
異国から
郷里を思う

遠く宇宙を超えて
異国の父母・兄弟

太古から続く
宇宙で一本の直線

マイナス金利

マイナス金利
どう生きる

生きてきた時代は
経済が動いた
未来に希望の青春時代

何という時代だ

こんな時代にも

川は流れ雲が飛ぶ
汗を流す
何のため生きる　動く
マイナス金利

戦争

戦争に赴き
人を殺せるものなのか

私の幼い頃
戦争体験を酒を飲んで
語っていた人がいる

過ぎてしまえば
戦争も懐かしいものなのか

戦死した人々はどうなのか
殺し合いは良いのか

戦後派の私が叫んでも
説得力のない話だ
ただ心底言えることは
戦争は人を変えてしまうこと

人をつくる

見ていてこんな人が
上司だなんて
よくあることだ
自分の方がまだいい
人をつくるのは立場じゃない

酒のみ

酒のみは人に嫌われる
酒のみは飲んだ時に
人生を主張している

なんでこんなに
主張するだろうと
それは酒のみの癖
本当の意見を言えないのだ

酒のみを
馬鹿にしないでください

君も生きている

君も生きている
私も生きている

同世代や高齢者が
世界中の人々が
生きている

癌の人も脳卒中の人も
今を生きている

日本詩人クラブ

詩人クラブの総会に出席した
場所は日本出版クラブ会館
老若男女が集まる

若い方もチラホラ

よいではないか
若い人が参加してくれて
若い人々が参加してくれて次に続く

来たれ若き人々
大いに語れ　喋れ

ライトが点いた

年を重ねて何が残った
膝の痛み　記憶の衰え
肉体の衰え　精神の劣化
でも経験・年輪というライトが点いた
良いかな　悪しきかな
若者に語れるライトが点いた

こう生きるべきだ
ライトが照らしてくれる

生きる時が少なくなる
こう生きた　ああ生きた

時を積み重ねるごとに回答が増える
個性のある回答が増えた
祖から連なる回答が増えた

ライトは重く明るく点いた

Ⅱ　草刈り

草刈り生活

齢を重ねてこの歳になった
年金を頼みにして趣味にでも生きようかと思ったが
とこどっこい現実は甘くない
日銭を稼がないと生きられない
草刈りを生業として稼いでいる
真夏の陽の下汗をダラダラと流して草を刈る
頭から首から肩胸から滝のように流れる
ものともせず黙々と刈り続ける
時給千二百五十円一日一万円だ　かいた汗の代償
百姓だけでは食えない現実

日本の現実を垣間見る思い
昼はアスファルトにゴザを敷き睡眠をむさぼる
黙々と刈り続ける
草のジャングル　「シルバー」と呼ばれ刈り続ける
何を仕事に刈り続けるのか
塩分を補給し刈り続けるのだ
家に帰ればバタンキューだ
ああ草刈り生活いつまで続く
日銭稼ぎの生活
大空に吠える　老人一匹

草刈り

草刈り機で草を刈る
田　山　川　道
どこでも草の生えるところ草を刈る
ついでに人生の草刈りもしよう
楽ではないぞ　人生の草刈りは
若者　年寄り　頑固者いろいろいる
それでも頼まれたからには
刈らねばならぬが娑婆という所
かまわぬどんどん刈る
怒られようと　叱られようとどんどん刈る

これが無勝手流
人生このぐらいでなければ生きられぬ
ああ人生　されど人生
楽は無し　苦痛のみ
それでも生きねばならぬ

入院病棟

草刈りをしながら
眺める入院病棟

かつて胃癌を患い
手術室に向かった病棟だ

全身麻酔
恐怖の手術室

今生きている

リハビリに励んだ日々

今外で草刈り

望郷の思い

五月の日

鯉のぼり泳ぐ日

初老の頃

時間は還らない

老醜

過去・青春

人生過ぎれば
悪いことばかり

初老の坂
様々な人生

親しき人々

昔馴染みの人達に会った
腰が曲がり　白髪も増えた

ここまで生きながらえた

家が恋しくて

必死でリハビリに励んだ
今入院病棟の外で
汗をかきながら草刈りをする

軽トラック

百姓の象徴
軽トラック
縦横無尽に走る

俺も百姓
お前も百姓

田・畑・山走る
宇宙へ吹っ飛ぶ

ああ日本の象徴
軽トラック
今日も明日も走る

春陽の下で

黙々と鍬をおこす老農夫
二人で黙々といそしむ
作業ズボンにもんぺ姿の老夫婦

昔気質と言えばそれまで
謹厳実直に作業をする

春陽は照りわたる

老い　衰え　死　タイムが過ぎる

生きてきたここまで
何処まで生きる

先祖伝来の田を守る　老いても守る
この生き様しかない
何処に楽園はあるのか　これしかない
黙々と鍬をおこす

農業

老人夫婦が野良仕事をしている
若者はいない

大切な食糧を作る仕事
はつらつと働きたい野良仕事

農業はどうなるのだろう
食べることは生きる為の基本
太古から連綿と続いてきた営み
今危機を迎えている

若者に託せない不甲斐ない時代
大人が作った

飛行船の様に
ユラリ　ユラリ
つないでいきたい

梅漬けと味噌汁の海苔

梅漬けと味噌汁の海苔が好きだ
飯はたくさん食べられる
特に梅漬けが美味

これぞ日本の食事
梅漬け・味噌汁・海苔

味噌配り

仕込んだ味噌を配る
豊熟した味噌を

高齢世帯が多い
長年親しんだ味だ

「ご苦労さんどちらへ置きますか」
「土蔵へ置いといて」
「こっちの下屋《げや》へお願い」
「悪いねー」

「どういたしまして」

次のお客へと向かう
俺は幸せ配達人
味噌と共に幸せを配るのだ
曇りの日　雨の日　様々あるけれど
「ご苦労さんどちらへ置きますか」
今日も一筋味噌を配る

幸福のプルーン

プルーンの収穫の季節が巡って来た
時の流れは早いものだ

鉄分　マグネシウム　カロチン等
全ての栄養源は含まれている

手で摘むとなかなか取れない
「まだ取らないで取らないで」と叫んでいるよう

プルーンを食べると幸せが訪れる

消毒・手入れ・摘花手間がかかる

「プルーン　プルーン　プルーン」と叫ぶ
風に乗って声がこだまする
夢のプルーン　幸福のプルーン
どこまでも　ドコマデモ飛んでゆく
太古から今まで飛んで来た

料理

私はケンカした時
顔を合わせる時は料理を
作ることにしている

人は身体を維持する為に
食べる　食する
自然にほころぶ

食べるは一生
生きる　生きる

人は食べる時無心だ
心で生きる

またここに来た
生きていたから来た
いつ来たか思い出さない

老いた
歳をとった
次は来られるか分からない
生きていたら来るだろう

Ⅲ　薪ストーブ

木酢液《もくさくえき》

下屋下《げやした》にぽつりと置かれた白いポリタンク
友が炭焼きをしながら作った木酢液だ

のらりくらりした性格だった
炭焼きをしながら
疲れると一服していた

ちょうど上下の位置に畑が並ぶ
晴れの日　雪の日
変わらず黙々と焼いていた

知らぬ間に友は旅立った

己のたれを造れ

亡くなる
人生の師と仰ぐ方だった
後は思い出として心に生きる
美味しいたれを教えてくれた方だった
「己のたれを造れ」とよく語った
人生とは己のたれを造ることだ

亡き先輩に頭を垂れる

同級生

中学の同級会
久しぶりの幹事

死が近い年齢となり
語るは思い出ばかり

女性群は孫の話題
ここまで生きて何が残った
パッとした話題はなし

まあまあの人生と自己満足
同級生も全国に散り散りバラバラ
便りのないのが元気な証拠

死ねば全て終わり
生あればこその人生
楽しまなければ

「おーい」と呼べば
「元気か」と返ってくるのが
同級生

弟に

何年経ても変わらぬものがある
血筋でもなく
義理でもなく
誠だ

父母が亡くなり
私より若い弟まで亡くなってしまった

同じ家で育んだ信頼は何よりも固い
言葉を掛けなくとも通じる心がある

空を飛ぶ
地を這いずる
天を呼ぶ

身は亡くなっても存在する
言えない　見えない　思い
弟に兄から

追悼式と戦争

戦没者追悼式の帰りのバス
ある秋の夕方
西の山に沈む
大きな太陽だった

父の弟は海軍だった
南太平洋の一角
海底で眠る
己の意志でない戦争

結婚もしたかったろう
歌も歌いたかったろうに

生とは死とは？
誰も推し量ることができなかった

幾星霜《いくせいそう》　誰も測れない世の流れ
叔父の兄弟も皆亡くなり
叔母一人生きる

平和とは？　戦争とは？
思い描けない
答えは出せない

遺族も皆死に絶えた

追悼式の菊が空しい

今も続く紛争　民族争い
時の流れは関係なし

追悼式の夕方
太陽が異常に明るい

戦争の頃も太陽は燃えていたろう
南太平洋の一角

父へ

孝行したい時に親はなし
昔の人はうまいことを言う

運転しながら
父を思い出した

学歴の無かった父は
同い年の女性が上級学校へ進学した
その女性が道を通る時
川へ逃れたと言う

どんな心持ちで　どんな気持ちで

老いて多くなった現象
その年にならなければ
分からないことがある
過去への妄想か　雑念か
分からぬ人の心の仕組み

死を恐れる
人生の残り時間が限定してきたから
未来は　老化と肉体の痛みのみ
老醜　惨めさ　諦め
そんなことのみ思う　この頃

若い頃は父の存在が訝《いぶか》しかった

皆そんなものだろう
己ばかりではなかろう
父の存在はそれで良い

戦争　父の生きた時代は
戦争が人生を左右した
好むとも好まぬとも
己の力でどうにもならない
時節というもの

徴兵　兵隊検査
それでも父たちは生き抜いた　耐えた
そのエネルギーは尊敬に値する
根性　いやど根性
今のおいらでは耐えられない

時節というものに振り回され
歯車の如くこき使われた

地袋の上で微笑む父よ
何か言葉はないか　しゃべりたまえ

昭和五・六年頃

どんな時代も
不学歴は心を押し潰す

誠実　真面目だけでは
世の中を渡れない
戦時中ならばまして惨めだろう

どんな姿で逃れたのか
思い出しもならない

不退転の心で
生きるしかないだろう
丘に夕日が沈む
ここは満州異国の地
大砲の轟く音がする
敵機が空を飛ぶ
軍歌が響く　上官が騒ぐ
「戦争ああ戦争」
無情の雨が戦夜に降りそそぐ
軍馬が進む　戦争の音が轟く
幾歳月　幾星霜《いくせいそう》
心が宙を飛翔する　「戦争ああ戦争」と

月がはぐらかす　心がすさぶ

母へ

死に顔を見ながら
深夜詩を書いています

大正・昭和・平成と生きました
早逝した弟の分まで生きました
余命七日を一年も生きました
九十三歳まで
あなたの生命力です

命を燃焼しきったのです

五十七歳で脳血栓
認知症で家族の顔
自分のことすら不明となりました

よく鼻歌を奏でました
口癖は「ありがとう」でした

見回したら周りの人たちは
逝ってしまいました

あなたが
一番長生きをしたようです

多くの人に支えられて生きてきました

家族の助けもあったけど
あなたの生命力です

あなたがいなければ
この家族は存在しません
あなたの姿は
息子や孫の瞳に生きています
妻・娘が面倒をみてくれました
生き姿を伝えています

あなたの息子で幸せでした
ありがとうおふくろさん

いずれ

母は鏡　父は洗濯板
祖母は海　祖父は空

鏡は己を写す　洗濯板は陽が注ぐ
海へ河は続く　空は星が照り輝く

それぞれの存在　それぞれの立ち位置
漂い　流れ　飛んで生き様は続く
何の為　何で　不明

世はでかい　でも関係はどこまでも続く
消えても　又生まれる　そして連綿と連なる
ドコマデモ　どこまでも　何処までも
人生の街並みは続く

故郷　いずれ帰るところ

母は鏡　父は洗濯板
祖母は海　祖父は空

薪《まき》ストーブ

むすこの家に薪ストーブを付けた
落葉松《からまつ》を割る
昔から割っていたから
身体が覚えている
燃やし方もそうだ
身体が覚えている
斧を振り上げ

振り下ろす
一発で割れた
身体が笑っている
汗をかく爽快さ
何事にも代え難い
落葉松の匂い

Ⅳ　冬の風

郵便

葉書　封筒　切手
懸賞に応募した
ポストに郵便物が入っているのが
楽しみだった

空飛ぶ宝物
夢を運んだ
川　空　山
想像をかきたてる

空を飛ぶ心地
ポストは神様
心を洗う
心を磨く

郵便――そんな存在

切手

小・中学生の頃
切手収集を趣味としていた
葉書・封書は心にゆとりを届ける
外国語を理解すれば
地球上を分身として旅行する
ノスタルジア　郷愁
温かい心の贈り物

その友が切手

清水端《しみずばた》

私の生地に
清水端という場所がある
大勢の人々が水汲みに来る
私が小学生の頃から
湧水している場所だ
水道がなかった時代は
水汲みをしていたから

苦にもならなかったが
最近なぜか苦になる

健康に良いから
人々が水汲みにくる

私もよく汲みに行く
ずく*さえあればできるから

水を飲むと
幼き頃に帰れる

清水端へ今日も水汲みに行く

*ずくがある……よくまめに働くこと

魚

餌をやると群れて来る
どんな生物も食べなければ
生きられない

白い腹を出し春陽の中泳ぐ
仲間をほしそうに

魚と過ごしていると
小学生の頃を思い起こす
手作り竹竿で釣った

糸を引っぱり餌をついばんだ
糸をあげる
背筋に電気が
空中に魚が舞う

元気に跳ねて空中を舞う
遠い山々が光る
時の音が聞こえる

魚たち永久に生きろ
自分の定めに生きろ

靴についての思い出

靴について苦労した
六歳の時掘り炬燵での火傷
どんなに気に入った靴を買って履いても
始めはいいけれど時間が経つと靴擦れで痛んだ
それでも履き続けた
すると血が出た
靴擦れで　摩擦で　擦れて皮膚が破けた
結局弟にやった
弟は靴を買わなくて済むと喜んだ
小学生の頃遠足が嫌だった

長時間歩くと必ず血を見た
子供には痛みと血は嫌だった
最後ボロボロになるまで
合った靴を履き続けた

我が味

さやかな我が身体
ここまで生きてきた時間を
紐で力を入れて絞り出す
出てきた液体が
我が味
甘かろうと
辛かろうと

出てきた液体が我が味

生き甲斐

生き甲斐はあるのか問うてみる
過ぎゆく時間

長命　短命
時間は有限

十代　二十代
夢を見る時

三十代　四十代

夢を実現努力する時
五十代
夢を完成させる時
六十代　七十代
夢を振り返る時
八十代があるならば
人生を楽しもう
ましてそれ以降があったら
思うところを尽くせ

冬の風

寒い風が吹く
ハゼ棒小屋を揺らし
トタン板がめくれあがり
今にも舞い上がりそう

人生の風が吹いてくれないか

良い風が……

四分の三を過ごした

最後のジャンプだ

今日

今日を生きる
明日はどうなるか不明
更にその先は不明

解説　畠山隆幸詩集『ライトが点いた』
粋な生活実践派の人生詩集

佐相　憲一

まずはこの詩集の最後の詩を全文記そう。

今日

今日を生きる

明日はどうなるか不明

更にその先は不明

ええっ！　これでおしまいなの？　衝撃を受けるのはあなただけじゃない。初めてこの詩を読んだ時、わたしは絶句し、うなった。ぶっきらぼうなこの、あたりまえのようにも見える言葉の奥に、そこはかとないユーモアを感じてしまう。しかも、書いた本人はいたってまじめ顔である。存在自体がユーモラスなどと言ったら、畠山隆幸氏は顔をしかめるだろうか。ただ心に感じたことを綴っているだけだと言う彼の顔をつくづく眺める。こういう人を実直な働き者と言うのだろうか。彼は宇宙人クラスの変わり種なのだろうか。おそらく、どちらでもあるだろう。〈今日を生きる〉があって〈明日はどうなるか不明〉と続くまでは、誰にでもある日常の不安だ。ところが、ここから彼の感性は、「だからいまある生を精いっぱい〜」とか「だから〜すべきだ」とか「でも確かに生きているんだ」などというステレオタイプな理屈や論理へすすむのではなく、かといって深遠な独自路線を誇示するべく批評性を研ぎ澄ますのでもなく、さらりと言うのだ。〈更にその先は不明〉と。この一行へのひょうひょうとした飛躍ぶりは見事というほかない。彼は詩人なのである。なるほど、一見無責任なこの言葉は、前行の不安を倍加するよりは、むしろ逆転させて開き直らせ、生きていることの不思議なおかしみの境地へといざなってくれるようだ。〈更にその先は不明〉なんだから〈今日を生きる〉へと循環するのは、そうするしかないというよりは、今日のもつ広大な可能性を示唆しているようで、行間に人生の豊かな知恵が感じられる。しかも詩集全体がこの余韻で終わるのだ。この人は苦労人だな、と直感する。

その三つ前の詩「我が味」を読むと、〈ここまで生きてきた時間を／紐で力を入れて絞り出す〉という独特な詩的行為が光る。そんなことをしたらどうなるのか。すなわち、〈出てきた液体が／我が味〉という。〈甘かろうと／辛かろうと〉そうした自分自身の時間を深く受けとめるということだ。

こんな風に人生の時間を身体的な感覚で味わうことのできる作者は、きっとずいぶんつらい経験をしたのだろう。そこらへんはⅡ章収録の詩「入院病棟」や、Ⅳ章の詩「靴についての思い出」にうかがえる。ラストから二つ目の詩「冬の風」で、震える寒さに願いをこめながら、〈四分の三を過ごした／／最後のジャンプだ〉と明るく言い放つ作者の背景に納得だ。

詩集の末尾から循環して、序詩を見てみよう。

　　訳のわからない時

心に訳のわからない不安
こんな時
草刈り機を回す

一心不乱
刃先に集中する

汗はダラダラ

体を動かすことだ

そうか、体を動かすんだな。いきなりエクササイズから始まる詩集も珍しい。しかも、悲しい時とかつらい時とか書くのではなく、〈心に訳のわからない不安〉がある時に焦点を当てているのがリアルだ。悲しいともつらいともはっきりしないが何か漠然とした不安というのはあの文豪・芥川龍之介も陥って死んでしまったではないか。畠山詩人はそうした微妙な日常人生の落とし穴に敏感だ。ダンベルとかジョギングかと思えば、違う。〈こんな時／草刈り機を回す〉とは！ いきなり文学作品の始まりの三行目で、読者は草刈り仕事をすすめられるのだった。すごすぎる実践詩集だ。ご安心いただきたい。これは作者が自分自身に言い聞かせているのだから。でも、人生にはこういう気分になる時が多々あるものだ。作者と共に草刈りを始めたくなる。

この詩集の章タイトルに注目してほしい。それぞれ収録の象徴的な詩作品タイトルからとったものだが、〈Ⅰ　君も生きている〉〈Ⅱ　草刈り〉〈Ⅲ　薪ストーブ〉〈Ⅳ　冬の風〉となっている。これらを総合する、肝心の詩集タイトルは『ライトが点いた』だ。実践行動派の人生詩集はなかなか粋だ。歳を重ねたことで〈経験・年輪というライトが点いた〉と書く作者は詩集タイトル作品の中で、上から目線とはほど遠い温かい態度で若者を見つめる。前代未聞のタイトルをもつ詩「日本詩人クラブ」の微笑ましい大らかさはどうだろう。そして、偉そうな〈上司〉を風刺する傑作詩「人をつくる」の痛快さがいいではないか。

一方、老いというものを背負う者同士のよき連帯詩群はしみじみとさせる。詩「君も生きている」「同級生」などだ。

詩「同級生」は平凡な詩のようでいて妙に心ひかれる。自他の老いを諧謔混じりに批評しつつ、〈便りのないのが元気な証拠〉という信頼感はどこから来るのだろう。この何気ない言葉に作者の人間観が出ている。死の淵をさまよう病気を乗り越えてきた作者だからこそ、楽しいばかりなはずの同窓会にも、〈死ねば全て終わり／生あればこその人生／楽しまなければ〉と実感がこもる。この詩は特に終連がいい。〈「おーい」と呼べば／「元気か」と返ってくるのが／同級生〉。ほろりとさせられる。

第Ⅱ章冒頭に並ぶ詩「草刈り生活」「草刈り」には切実な生活感がある。

草刈り生活

齢を重ねてこの歳になった

年金を頼みにして趣味にでも生きようかと思ったが
とこどっこい現実は甘くない
日銭を稼がないと生きられない
草刈りを生業として稼いでいる
真夏の陽の下汗をダラダラと流して草を刈る
頭から首から肩胸から滝のように流れる
ものともせず黙々と刈り続ける
時給千二百五十円一日一万円だ　かいた汗の代償
百姓だけでは食えない現実
日本の現実を垣間見る思い
昼はアスファルトにゴザを敷き睡眠をむさぼる
黙々と刈り続ける
草のジャングル　「シルバー」と呼ばれ刈り続ける
何を仕事に刈り続けるのか
塩分を補給し刈り続けるのだ
家に帰ればバタンキューだ
ああ草刈り生活いつまで続く
日銭稼ぎの生活
大空に吠える　老人一匹

作者は長年、長野県で地方公務員として働いてきた。さらに仕事時間が終わると畑や田を自ら耕し、生きた作物を育ててきた。本当に働き者という呼び名がふさわしい人物だ。その一方で、幼い頃の怪我の後遺症や壮年期に襲われた大病を乗り越え、家庭を築き、そして文学の道へと人生の心の深奥をゆだねてきたのである。このような人が退職後、シルバー人材派遣センターに登録してさらなる地域貢献の労働をしているのだから、頭が下がる。草刈り現場で詩を書く畠山隆幸氏であった。続く作品群では農業の現場の声を発信し、地域のお年寄りに味噌を届け、〈私はケンカした時／顔を合わせる時は料理を／作ることにしている〉と書く。

第Ⅲ章では亡き友人や親族への言葉が胸をうつ。その最後には、息子のために自ら斧で薪を割る喜びを淡々と記した詩「薪ストーブ」が光る。

第Ⅰ章とⅣ章の数篇にはすでに触れたが、涙もろくて郷愁にも満ちた愛すべき人物・畠山隆幸氏がこの厳しい時代の真っ只中で感じとった大切なものが、時に斬新な詩風、時に素直な書き方で、刻印されている。

詩集編集も大詰めに差しかかる頃、彼の携帯電話にかけた。またしても草刈り現場から素朴な声が聴こえてきた。

「いま草刈りをしてましてね。」

そんな詩人と知り合ったのは二〇一三年に日本現代詩人会と長野県詩人協会の共催で信濃路で開かれた「現代詩ゼミナール東日本イン長野」

だった。プログラムの中でわたしは詩を朗読し、畠山氏は懇親交流会の司会者だった。盛会の後、長野詩人の酒井力氏や和田攻氏にも誘われて深夜まで楽しくごいっしょしたのが懐かしい限りだが、五年経ったいま、こうして彼の大切な最新詩集をご案内できて光栄だ。

最後に、第Ⅰ章冒頭の傑作詩「四」を鑑賞しよう。

〈詩／死／四／子／市／氏／士／師／史／紙／等を／生きる人間／／数々の詩と出会う／生きる限り〉

草刈りをしながら、作者の宇宙感覚はこのような詩を直観したのだった。〈し〉の音を持つ漢字言葉を並べるのだが、その並べ方に個性がある。最初に〈詩〉とあるのが微笑ましいが、次に〈死〉とあって深淵に落とされる。謎めいた〈四〉の後、〈子〉としたところが彼らしい。元公務員らしく〈市〉をうたって、市民それぞれの〈氏〉を尊重し、何事も修行という作者は〈士〉〈師〉と続ける。歴〈史〉に学ぶ彼はこの詩集の中で平和の思いも表現している。その詩集に欠かせない〈紙〉を経て、〈数々の詩と出会う〉のだ、〈生きる限り〉。最後の倒置法も生きている。日々出会うこと限りなし、だ。そして作品タイトルを「四」としたところにも抜群の不思議系センスを感じる。

こうして畠山隆幸氏による粋な生活実践派の人生詩集が長野県佐久市から発せられた。いまを生きる広大な層の市民読者に届けたい。

あとがき

私が、詩を書き始めたもとには、二つの出来事があります。

一つ目は、六歳の時掘り炬燵で左足を火傷したことです。身体を動かすと火傷した部分が痛み苦痛でした。身体を動かすことはできるのですが、根本的にストレス発散をすることができなかったのです。肉体的発散ができなくて詩を書くことで発散していました。

二つ目は、小学校一年生の時書いた詩が、担任の先生に褒められたことです。「畠山の詩は、表現が面白い」と言われその気になって書き始めたのです。

私が詩集を出版するのは今回で三冊目です。一冊目が『浅間山』、二冊目が『晴れた青空に』です。一冊目は、胃癌にり患し死を考えた時です。二冊目は、六十代を迎え最後の詩集と思い、出版したものです。三冊目が出版できるとは思いませんでした。多分今回の詩集が最後だと思います。

私の持論は、誰にでも読んで理解していただける詩を目指しています。今回の詩集もそんな観点で作成しました。しかし、私の生活体験・生活環境等から書いた詩ですので全て理解していただけないこともありうると思います。これはご容赦ください。

私の詩は、生活詩だと思っています。私が六十六年間生きてきた中で感じた思いを書いたものです。人の顔がそれぞれ違う様に、同じ言葉でも、受け取る方は全然違うふうに受け取るでしょう。日本中で詩を書いている方が大勢いると思います。それぞれ書いた詩がその方の言葉です。これが私のポエムです、と言えるかどうかは自信がありませんが書きました。

最後に、私の詩集発行に御尽力いただきました佐相憲一先生とコールサック社に厚くお礼を申し上げます。先生本当にありがとうございました。

二〇一八年六月　畠山隆幸

著者略歴

畠山隆幸（はたけやま　たかゆき）

1951年、長野県佐久市臼田十二新田に生まれる。中央大学法学部卒業。

詩　集　『浅間山』（2001年　ゆすりか社）
　　　　『晴れた青空に』（2013年　東方社）
　　　　『ライトが点いた』（2018年　コールサック社）
所　属　日本詩人クラブ・長野県詩人協会・佐久文学「火映」
現住所　〒384-0306　長野県佐久市上小田切849 - 1

石炭袋

畠山隆幸詩集『ライトが点いた』

2018年7月9日初版発行
著　者　畠山　隆幸
編　集　佐相　憲一
発行者　鈴木比佐雄

発行所　株式会社 コールサック社
〒173-0004　東京都板橋区板橋2-63-4-209
電話 03-5944-3258　FAX 03-5944-3238
suzuki@coal-sack.com　http://www.coal-sack.com
郵便振替　00180-4-741802
印刷管理　（株）コールサック社　制作部

＊装幀　奥川はるみ

落丁本・乱丁本はお取り替えいたします。
ISBN978-4-86435-342-7　C1092　￥1500E